離開之前—代序

離開之前，總是有好多想說的話、想做不知不覺消磨而去的時間，頓時變得珍貴。他們總會問我，最後一天、最後幾小時，你想去哪裡？然後，我瞬間開始比較所有的記憶，或是慌忙的挑一個陌生的景點。旅行就是這樣，因為倒數計時而價值非凡。序言也是。

我不禁瞄了一眼上鎖的行李，裡面躺了十幾本被我帶來帶去卻很少翻完的書。我拖著它們登機，在威尼斯的迷宮裡留連，然後再原封不動扛回來。有次好不容易捧了本書去曬太陽，還是不敵滿布眼前的巴洛克建築，只好「棄械投降」。貪婪的眼睛，就是太忙。然後，我也在這搬來搬去的遊戲裡領悟到，我所帶上的，只是心裡「放不下的牽掛」。提醒自己作為一個學生的本分，以及藉由「肩負」這些使命來彌補一些未完的責任。於是，在每日不得不坐在電腦前的例行工作裡，這本詩集，於焉誕生。

很多事情，就要一群人在一起才過癮，比如吃飯、打球、搬家；有些事，即使是一個人做都還嫌太多，比如現在身旁的肯德基伯伯不停偷瞄，還似乎很想發問的皺眉頭，我想一邊打字，一邊為他解說，但好像有點困難。思緒最怕中斷和分岔，這是寫作的大忌。難怪，會寫詩。

四個半小時的車程，差不多是台南到台北的距離，這讓我湧現著每次往返的複雜心情。不過，我也習慣了，在這種半漂流的生活裡，用流動的視覺，來推動凝滯的思緒。搭火車是一個很好的方式，變幻的窗口，讓人覺得自己不斷地前進，後來的目的地已不太重要，重點是，我離開了。

旅行是一種跳脫；寫詩，更是。在旅途上寫詩，是雙重跳脫的考驗和享受。總會因為許多即時發生的情境，被迫中斷，而中途插入的畫面，又成了另一個故事的開端。行經漢諾威，一對老夫婦在月台送別，我也忍不住向他們揮手告別，前兩天陸續送走兩對繼續

前行的朋友，在月台上，空蕩蕩的，不曉得何時該把手放下。現在，我揮別的手和笑容還映在窗戶上，又不自覺看到肯德基伯伯狐疑的眼神，也一樣被貼上玻璃。收起笑容，我們還有兩個小時要一起渡過。他一定想，這個吃個不停、忙著剔牙、還在打字的亞洲女生，怎麼還有空閒沿途拍照、向窗外揮手。後來，行經的每一站，我都熱情的向著窗外揮手，好像每一個站都有人送我。自己給自己的送行，有點詩意，或許應該說，我已陶醉在這「詩性的樓居」之中。

　　拿著相機，聯想起文界的多年好友─楊樹清，這本詩集的序言，本來一直力邀由他擔綱，他說，越是相識，越不知如何動筆。於是這難產已久的序言，還是得在隆隆的火車上完成。當然，這又是另一種掙扎，同時打開數個論文視窗，結果最先完成的，卻是空白的、沒有筆記的《委心詩園》序言。

　　詩歌伴著我，在各地，不再孤獨。我也期待，這些詩，因為你們，被帶向，我不曾造訪的領空。於是，離開，為了到來。

寫於波昂前往柏林的火車上 31 號車箱 32 號座位
von Bonn nach Berlin, Wagen 31 Sitzplatz 32
瑋儀，2008/5/2

目次

秋水伊人……

秋水伊人……

緣 的 錯 身

～載於《秋水》第 121 期，2004 年 4 月，頁 69

一掌掌的風，打在腰身，
我才發現，已燒到了腳跟。

在不必然間，我們選擇了緣分，
你說這會是，一種很好的安穩，
但懸掛著的，
誰也沒能保證。

我只是鐘罩下的　一個鈴聲。
等風，等你的手，
等一點意外的擦身，
或是漸漸消退的可能。

尤其淒美的夜，
總是拒絕訪客，
我領著迴蕩不盡的前世今生，
庸擾了繁華過眼，
浮記，是滅不盡的痕，
接續此世，未完的半首歌。

低吟耳語，提著花燈，
微亮燒著，
點醒這一季來
總是遲到的新春。

現在你是誰？

～載於《秋水》第 122 期，2004 年 7 月，頁 70

用青草去模糊我手掌裡的藍天，
在佈滿星星的大海裡，
決定 重新命一個名，
那記憶 如今依稀，
陳舊的堆疊在
我苦心覓你的那片叢林。

沙堡的城門仍開著，
守衛的長矛換成短笛，
那你 消失在哪個異鄉，
好不容易想起。

猜測與猜測，
成了我唯一可用的信，
塞進瓶裡 飄去。
而此刻，
我願用殘留的憶，
填你億萬年前的名。

或許是我太急，
停了一半的祕密仍在嘴裡，
故事發生著，
卻已來不及進行。

若那一日，我已不再熟悉，
請你一定要記得 把我忘記。

有一點疼

～載於《秋水》123 期，2004 年 10 月，頁 58

那道光　在瞬間迸放又消卻了，
雖然這件事在很久以前　一直沒發生，
一層層的雪　掩飾著地面的顏色，
映上你的墨鏡，
來回的撞擊著我的反射。

推開門　你我的相會，
只是兩道光的擦身。
我猶如門縫眯著眼，
卻已漏進了　那道淨黑的無聲。

不想承認，
這貪玩的習性已被釘上了十字的傷痕，
早知這麼不顧一切奮力犧牲，
就不該　數錯了躍下的步子，
還一度　翻不了身。

閉起眼　黑白分明的珠子，
關進一圈混濁的抗衡，
張眼的那一刻，
你順著光走來，
我逆著光　被刺穿。

朱門牡丹

～載於《秋水》第 124 期，2005 年 1 月，頁 72

撤離的時候，
你什麼都沒帶走，
萬貫家財　任著大雨滂沱，
隨手　你摘了院子剛開的牡丹，
轉身　這宅子　再也沒了守候。

笑了笑紅色朱門，
家裡的人　全比不過圍牆上的垂柳，
雖然綠蔭　也被染紅，
至少　他們爬得出大宅門，
還能見著　血紅的天空，
而這牡丹　這新生的屍體，
也是唯一的活口，
在你口袋中　隱約的跳動。

既然　屋子沒有了女主人，
就再也不需要任何的靈魂，
所有該帶的　已隨垂柳泛紅，
只留下驚嚇　讓曾幾的容顏暫留。

牡丹謝了，你早知道的，
你只是想，
親手捧住一個生命的隕落。
感受溫度　和冰冷，
想知道　原來那時　是這麼痛。

布蘭登堡協奏曲

～載於《秋水》第 125 期，2005 年 4 月，頁 81

儘管我們並不懂得巴哈，
他卻提早的　猜到了現在，
窗子裡的風景，
和窗子外的聲音，
共在：這一個　企圖去了解的小房間，
和那一個　不被了解的時間。

所以聲音　格外格外地清，
喧嘩的街道　慢慢地　彈奏出　我們的寧靜，
音符　滑動出　那暫時被中止的生命。

三百年前，神祕的註定，
城堡裡的猜測、
城堡外的仰望，
共同在管風琴上　輕快的遊戲，
莊園和教堂　唱著同一個願景，
你的歌　播放出各種表情。

爾後，我們在書裡，
得知一些流傳下來的事情，
而大半的　全藏在曲子裡，
……午後　聲音霸占了光陰，
當樂曲響起，
就是你的　甦醒。

寄 生 的 字

～載於《秋水》第 126 期，2005 年 7 月，頁 75

一陣風的旅行
中止在　你的筆上
吹進來的文字
以這偽善的妝束
半掩半笑的　長存於世
但你想說的
卻在墨漬下　溘然長辭

慢慢地　他們有了自己喜愛的句子
有了屬於自己的舞
就像你也有個人偏愛的衣服
或常唸的詩

曾經你所賣弄的
變成最早出賣你的
你所餵養的
成了你所仰仗的
食物鏈的循環
流動出逆向的位置

而今　每個字都是你寄生的方式
他們拖著你的指尖
叫喊出自己的名字
你卻在署名中
留下了陌生的字

迷路的圖書館

～載於《秋水》第 127 期，2005 年 10 月，頁 64

之於每一本書被閱讀
或一首曲子被演唱的方式
總有個什麼　作為通路

電腦的編號是一個線索
我翻開了　把自己團團圍住的地圖
每一個被掛了編號的格子裡
就這麼交換著　彼此被冷落的樣子

我走在書架間　書架間
書裡一行行的文字穿過我　穿過我
按著一長串的數字
手中的號碼牽引著
我即將掉入的陷阱
停身　手上的一本書
這一個字　明確的笑著我
不假思索

圖書館　用書架瀏覽著我
一行行的文字　伺服著
橫橫豎豎　佈好的字陣
我走在　最大的一本書裡

爸爸的影子

～載於《秋水》第 128 期，2006 年 1 月，頁 80

我認識的爸爸，
是媽媽滿是回憶的眼中的我。
摻雜了猶溫的叮嚀、送別的離情，
和那些來不及說出和後悔說出的話。
也摻雜在我中午的便當、學校的作業，
以及量身訂作和預先留下的衣服裡。

通通　填塞著　這太擁擠的身子，
卻填不滿爸爸未歸的日子，
就像　角落的鞋把、飯桌上的煙灰缸，
以及出門那天的日曆和報紙，
屬於爸爸的　全都靜止，
只有我　在長大。

時間穿梭成
兩端拉扯的掌紋。
陽光隙下，螢幕上，
我的倒影、電腦的反光
橫躺著
爸爸的影子

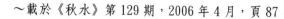

棕色寂寞

～載於《秋水》第 129 期，2006 年 4 月，頁 87

彩色的長外套下
藏著釀醇的天空，
拘困著　想被蒸散出去的夢。
逃跑時的錯身，
他　看出了我的懶惰，
我只好　把要給你的話，
留在某個路經的陌生人眼中。

那波動的光線牽動著視線，
交織成已經的錯置和未知的輪廓，
漸漸　都市傳來了問候，
他說：工作得太久，
人會變得不勞而獲，
不懂得怎麼把門鎖好，
或是怎麼把自己的影子
好好的放在窗口。

燙指的煙　和始終被攪拌著的咖啡，
是你呼出的氣息的所有，
抉擇前，
薰黃的顏色，
把沖淡的一切　統稱寂寞。

審 判 書

～載於《秋水》詩刊 130 期，2006 年 7 月，頁 86

有什麼地方　可以象徵永恆？
所以你關上了門　執意要找到
不會再被時間帶走的－青春－
競技場的拱門旁，屹立著
動人的傳說、歷史的血腥
以及正在被寫下的罪責

人們來了　一把尚待醮血的陽光
像利劍　滲透著
連帶的　你的笑　也被操控成
不由自主的顏色
因為　你崇信
人們早已遺失卻的天真
審判的結果是
必須占領陽光的眼神

再沒有救贖　或沈淪的可能
再沒有聲色　足以將我們的視野併吞
一次次遞出的掌聲在山裡迴盪著
我們如此不自由
卻還低聲慶賀
好在下一個被審判的
不是太熟悉的自己人

橋畔威尼斯

～載於《秋水》詩刊 131 期，2006 年 10 月，頁 82

在這走不出的迷宮裡
領略著走不進的華麗
在正在枯萎的樓房裡
撿拾著褪色的記憶

面具　憔悴著妳不願到來的今生
貢多拉　主宰著黑與紅的尊者
天起得早　夜沈得晚
貪眠的海　配上驕奢的顏色
繫上藍絲帶的水手服
載來一船船前世相遇的人

島與島拉起了手
行李箱　一行行的搬上
嬰兒車　一階階的爬上
戰利品和新希望
都在她的手掌心上
連帶的
揮不去的昨日　和脆弱的未知
也是她的能量

壞就壞了的牆　掉就掉了的漆
廣場和圓階上　滿滿的旅人
分享著各色的冰淇淋和陽光
誰會在乎
誰在橋上橋下

星星的位子

～載於《秋水》詩刊 134 期，2007 年 7 月，頁 85

當你靜默成　半隱居的方式
我們瓦解的對話　是安全的
無需再嘗試　或是改變你慣有的位子
你自我的居所　總是游移　妄動的

孤立的　不只山群
還有始終淡然的　矯飾
之於這些　我們總如星子
願意為許個願
用盡半生的枯等
只是　烽火般的記憶
燎不住　燎不住

你撒下的網
撈不回一點誤縱出的痴
你寧可要那個燃燒的字
寧可要著火而逝
網不住　停不住

所以請你　退到我們的最初所識
或是最後的別離
我將會把這段距離
收藏　直到
每個星子都有了自己固定的位子

旅者之來去

～載於金門日報-副刊文學-浯江詩選，2007/6/11

◎之一：行去

我的旅行　緩慢而匆促
咬下麵包和看著櫥窗
一樣滿足
在閃著陽光的石板道上　想像海的溫度
在迷失的地圖裡　獲得隱身的保護

◎之二：歸來

火車的疾速　把我推進斜斜的一方陽光
山和樹和雲和鳥　都在後退
向前奔跑的童年　後退
揮手告別的微笑　後退
夢想　貼在遠山上　後退
傲氣　在疾馳中蒸發　後退
於是　我前進

老 人 茶

～載於金門日報-副刊文學-浯江詩選，2007/10/19

過去是一碟炸過的花生米
圓圓滑滑的　在筷子間　逃竄
當年　拿來下酒　多過癮啊
一把一把的心事　往嘴裡塞　往肚裡放
總之　明天還漫長

長板凳和折疊桌　趕在清晨收攤
剩下的花生　一掌　全掃在地上
黎明即起的清道夫
和　黎明才回的未歸人
走在同一條路上
一起踩著　油膩的往事
用各種混雜的氣味　迎接朝陽
苦苦澀澀的　難免刺喉

舔著鹹鹹的鹽巴
砌一壺回甘的銀白月光
沙發上
過高的膽固醇
伴我
泡茶

她 的 大 背 包

～載於金門日報-副刊文學-浯江詩選，2007/11/5

她的東西很少
但總背著　一只大背包
昨天的心事　明天的作業
想說　該說　和不願說出的話
都一頁頁　夾在書與書之間
那　從未被鬆動的死角

習慣了大背包
就沒能再放下　自己的監牢
沒能　再去抉擇　要與不要
一股腦的接受　騰放
把所有的新鮮
安置在　袋底的一小角

她依賴著　一只不存在的　大背包
聆聽著　夜與夜的消逝與來到
依靠著　不斷走動　卻始終靜止的牢
也好　忘記　自己的腳

背包底　翻轉著　剛抽出的樹梢
跳動著　韻律的金黃色海潮
她　蜷縮在　背包的懷抱
關於這些　卻沒能聽到

兩 代 之 間

～載於金門日報-副刊文學-浯江詩選，2007/11/5

你是不是已經學會
當大人笑著你青青的臉
你還以粉紅色的笑靨？
你是否已經忘記了從前
曾伴隨你共同走來的這一些
依然徘徊在你汪汪的眼

所有的話語成了水
所有嘈雜的聲音
也淡淡的　被淹滅

我們都在學習　慢慢改變
但總是有些事　不能也不願
也始終都　學不會
那好比　我整了整你被風吹亂的瀏海
用指尖劃過齊眉的額頭

只有這時　我們才知道自己曾追求的一切
早已鮮明的　覆蓋在眼前
就好比　我該對你做的
全是你所為我完成的事
而我說不出的話
就是你不肯說出的

行旅過客……

計程車爸爸
～第三十五屆「鳳凰樹文學獎」現代詩本系組貳獎, 2007/6

你按下排檔桿前的計程鍵
問我要去哪？
自你接我上車以後
就不太清楚我的方向
你不時想找理由開口
只是　你不好轉過頭
在對角線的位子上

你說　工專肄業後　作過印刷、木匠
跑船的那幾年　只留下肋骨的傷
你說你載過幾個明星　要了些簽名
遇到政治人物　也懂得要說些支持的話
你說　漫無目的地遊走　讓人認輸
每天走踏　還付不出六百元車租
金錢把生命切割得坑坑洞洞
你說：這就是生活

你按下計程器上的加程鍵
說現在是尖峰時間
我看著窗外忽然爆增的車潮
車子裡　是這麼空虛的感覺

我說　我一個人在外地唸書
離家和家人　越來越遠
說不出喜不喜歡這一切

行旅過客……

23

只是任著新的地點　讓時間倒退
我說我常生病、常迷路、常冒險
到了國外　卻不知要打電話給誰
光陰在我的疑惑中停停走走
我說：我們都在漂流

這個座位　伴了你三十年
看著每條街的修修補補、每棟樓的拆拆建建
所以　你習慣了獨處、旁觀、離別
學會在城市裡　迎接每個匆忙的人
在短短的路程中　體會他們漫漫的歲月
陪伴你的　總是陌生人
就像　你接我上車　接我到這世界

紅綠燈的讀秒器開始倒數
行人穿越、奔跑、觀望
我看著後視鏡裡的你
斑馬線的髮　鵝黃車身的襯衫
斑駁的色彩　模糊的氣味
蒼白　泛黃的　我的童年

路旁的乘客招手
那麼　就到這兒吧！
你再度　問我要去哪？
卻沒能　等我回答

夢想蒸發記

環遊世界或錄製專輯或建造太空梭
所有的夢想　毀滅在　一點一點的實踐中
換算成　今生的遺憾或來世的虧欠
其實也沒有什麼
不過是　呼吸時　一種隱隱的痛

一隻色筆或一片麵包
一把吉他或一組沙發
一張機票或一筆房貸
一場旅行或一份工作
一天挨過　一年　然後一生

於是乎　我只能對著電腦
尋求未知那端的冒險和艷遇
於是乎　你望著彩票想著無人的島嶼
陽光和沙灘　代換成影印機和碎紙機
一小時看完的二十個節目　又接續
新聞和雜誌反覆的話題　又開啟

打卡鐘計算著三餐、年假、然後又一生
墊便當的副刊報紙上
一首無名小詩探出了頭
但別深呼吸太久
趴在桌上的午休時間　只剩三分鐘

詩人的純粹

關於詩人該被包容和享受的
只消是　純粹
若要坦白鋪設文字
裝飾的技巧　得先學會
還要直接地　嬉笑怒罵
迎擊　眾人的冷眼相對
而那對號入座的情緒
就當作　自我陶醉

然而在詩裡
我們會慢慢忘記
那些營造的情節
也或許　隻字片語地
就把你湊入別人的世界

雖然疑惑　仍漫散在詩人與詩人之間
而詩的躍動　僅是一種感覺
是跨越了時空的邀約
把記憶　放進未來的童年
把童年　關回不再變幻的季節
所以只有文字　依然香甜
保有那　一點絕對的純粹

然後　在詩與詩之間
加溫　流傳　幻滅

園 景

落了一地的葉　和散了一地的心
各自一片　就這麼收著
如果我拿一抹笑給你　你要拿什麼還我？
如果我剪下了你的恐懼　還可以剩下什麼顏色
我們都是走在天秤上　小小心心的
再仔細不過　是掉的疼不疼
遲早的　或遲或早　反正都是疼的
於是你自以為是的　裝出不在乎的神色
自我墜下後　就可以看到你顫抖的腳跟
或遲或早的　也不再重要了
等時間過了好久
大家會把我們括弧成一個
巨流裡的某段歷程

這園子已為你　荒蕪了顏色
在人跡罕至的季節中　風箏旋轉的輪廓
被這麼不清不楚的倒掛著
你說青春　是一種懂得又不用去負的責任
所以沙漠裡　才會有那麼多旅人奮不顧身
為的　只是在你眼前　凍結下一滴甘醇

妳鮮紅的朱唇輕顫著
隨天紛飛的雪　從大漠裡　湧向冰河
雪地上　求的是一種純粹、不透明、又不具體的顏色
你來來回回的想著
你送給我的年

跳 樓 圓 舞 曲

看看秒針
　心跳還是準確得多
換上舞衣
　轉了四個八拍　變調的曼波
放下頭髮
　向後環抱著腰　側起鞋跟
抹上口紅
　澆點水　那謝了的玫瑰
摘下眼鏡
　中和模糊和半腐的霓虹閃光
戴上項鍊
　把下巴放到鼻尖的位子上
拿下戒指
　還不完的承諾　全封在玻璃杯中
旋轉起舞
　試著翻出三十種不同的角度
還差兩個
　畢竟我也數得不太清楚
加快節奏
　影子一重重壓住窗戶
落地之前
　未曾　未能　再舞
一個音符
　強烈　脆弱　結束

玩具與天使

在孩子的國度裡
握住的　是未來千變萬化的樣子
積木　是公主的城堡
風箏　通往天堂的餐桌
腳踏車　要一路環遊全世界

所以說：「玩具是兒童的天使」
爸媽累了的時候
上帝還沒學會兒語的時候
以及　兒童還是個兒童的時候

有玩具的人　成了天使

不是兒童以後
玩具越來越多
功課是壓在桌下的行事曆
事業是一把皺了的鈔票
家庭是證書下偷偷棲身的圖章
玩具　還是天使
天使　也成了玩具

天使有沒有自己的玩具呢？
玩具有沒有自己的天使呢？
玩具說：只有我變不成大人
天使說：只有我永遠是孩子

行旅過客……

29

天 堂 的 位 子

據說天堂裡有個位子
專門提供給不掉淚的人

他只要是
　　不看電影　　不去旅行　　不讀詩

他必需是
　　帶著笑容　　擁抱　　告別
　　禮貌　　服從　　日復一日

他最好是
　　邊刷牙齒邊打電話
　　養著水母般的寵物

他或許是
　　屋外沒有一朵鮮花
　　房裡沒有一張照片
　　桌上沒有一顆糖果
　　手中沒有一段童年
　　眼底沒有一種　　或冰或熱的跳動

他可能
不知道戰場　　不知道教堂
不曾捧著山泉　　不曾被芒刺割傷
不會哼出心裡的旋律

不會輕撫嬰兒的臉龐
不去聽另一種語言
不為另一個世界　仰望天上

再沒有　一滴眼淚
足以為　這一切流下
而我們　早已預約好
天堂的位子

風猶花落

當風如繁花凋落
我依然在你身旁
如新葉般等侯
我知道山間的美景不多
　　　河畔的星影不夠
我知道能為你預先安排的場景
總是不如你的期待
無法掛上七彩眩目的夜空
像一株石縫的酢醬草
不知該被摘　還是留

露水　在清晨霸占了花的嬌豔
他們見了淚　就不會再在乎花的紅
時間的輪廓　隨著夢靨越走越深厚
還有多少笑容　可以隱藏在慈悲的謊言後？
我知道　記憶的暫留　會變成傷口
卻不知道　記憶的掩滅　會變成無盡的漩渦

天邊的深橘色
輕易地　占去了飛雁的歸路
晚霞　併吞了最終的歸夢

我這裡　最後一株風也飛走了
而你依然如繁花　舞動在風中

罪與玫瑰

淌血的　溶化的　自戀的　各種滋味
孩提的　新娘的　離人的　附屬容顏
你手中　捧來喘息的玫瑰
好換取　罪的自責與回饋

她們　捆綁著　束足的緞帶
荊棘裡　代替你　成為青鳥的舞翼
窗枱下　倒吊著　滿把褪色的屍體
讓你的罪　乾涸為千年的吸血鬼
在成為不死的靈魂後　再死一遍

雪 與 梅 的 對 話

需要很多的沈靜
才能有一種聲音　被敲擊
我在叢林裡　追索著獨舞的樂聲
那　清澈如朝露的墜落
襯出了　你　深深的嘆息

我傾身　附耳　不敢妄行
妳選擇一個遲到的角色
讓舞衣　在繁花中　凋謝　甦醒

這一季　妳舞出
炫爛而專屬於妳的美麗
再也沒人
能將妳的沈默　奪去
那　最深　的透明
作為我們相聚的依憑

開始了
我們相約的旅季
共舞著唯一的諾言
回到純淨

傷 痕 的 歌

迷上的那首歌
是二十六年前的
反覆　反覆的播放著
那消逝不盡的可能

時光不再～再也不再～
每一個音符　幻化成一個情節的再生
牽動著我　每一口呼出的溫熱

你床邊的收音機
又傳來了　你所深愛　而我所不願聽的歌
而今　你枕過的餘溫
伴著我們不曾共同伴過的歌
我才聽見了
那時　你想要說的

不語的你　只愛聽歌
休止符裡　滿是心事
和無法傾訴的負荷
（……靜默著　你的靜默
沈迷在　你當時的傷痕……）
我對你　這二十六年的回憶
獨舞成一首歌
反覆　反覆的播放著

小村的小姑娘

問路的時候
小村的小姑娘坐在指標下－
地震以後
冷飲攤子的價錢
和通往各地景點的路牌
一起被皺紋爬上
塵封　所有的風華
映著　地上一痕一痕的傷

小村的小姑娘坐在指標下－
告訴過路的人
別再執意前往危險的地方
她看著　往而未返、前仆後繼的人們
她猶豫起　該不該說出正確的方向

指標下　傳達著、壓抑著　村外的模樣
安靜的村子　頓時的熱鬧、又頓時的安靜了
伴著她長大的　是觀光客遺下的鬱金香
異鄉的氣氛　全在花苞裡綻放
直到她將所有的期待
凝聚成一個童年的願望：
別再探索著消失的故鄉

別再迷信旅遊手冊上的甜美童話
那些被深埋的地方
也困住了她走出村子的夢想
只有問路的時候
讓她想起故鄉

門內的郵票

如果你要來　請告訴
這個不太愛也不太敢在外面走動的我
而我也會刻意又故意的
忘記外面的生活

所以你來的時候
請務必要記得要跟我說
一路的風霜
將會被我當作音樂盒裡的幻想
來收留

他們總說
這扇門裡關不住什麼
只是一個　懶得走動　又沒有自由的我
他們也是懶得走
才會　進不了　我的生活
進不了我的生活

那時我　一心想附屬為一紙信封
被傳遞在異鄉人的思念中
等著戳印　好證明我還有點作用
卻在一箱箱退件的郵票中
被壓擠和壓縮

如 果 你 離 開

到時　庭子裡的小風車將不再轉
我手裡的線　將窗子半掩在
你轉身的那一晚
來不及問出的話
就這麼　困在窗枱

如果你離開

只是我再也沒有任何理由
把這片美景留下來
就像　晚上的情侶樹下
還停著中午嬉鬧的小孩
笑著的表情和聲音
與我昨夜的夢
一併蒸發成　畫面的一端

只是　我該怎麼告訴他們
說你只是回來的晚
只是　山有點阻　路有點難
沒有期限的等待
就像黑夜裡扶著梯子
張著眼　辨不出所有的光彩
嘶喊著　卻傳回　一片落葉止在湖面的啞然

世界的旋轉　默默的　吞噬掉所有的答案
到最後　只是自己和自己的交戰
你離開　這世界的樣態依然
山與風與一些不曾也不再相關的
都會依然　沒有更改
而且　他們也將依然　依然的
等待

樹格深影

來到樹下
他的／你的影子
在你整束衣裝　眺望遠方後
保持著　踩步　回頭　揹著手的姿勢

來來回回　搖搖晃晃
隨著稀稀疏疏的樹影　穿梭著你捨不得的猶豫
匆匆忙忙　躊躊躇躇
帶走了離你最近的一些東西　遺下了　這個影子

飛走的前一天
她按著你未歸的影子
望歸的人望著忘歸的人
伴我成長　伴著這家的　正是
　　　　　　這透明卻深刻的影子
斜斜的　困在一格格的樹影上

鞋印似乎還深深的　泥土似乎還垄垄的
只有　被你領去的陽光　跑回我臉上

一葉秋風　壓在你的影上
那是　你迫於呼吸的力量
被我擱下的遠方　已在樹腳發芽
按著課本　壓不住年輪的滋長
你被圈困在　某一輪光影裡
而太陽已融化

行旅過客……

街 頭 藝 人

帶一本很薄的旅行書
和一疊很重的樂譜
那一首放逐的歌
是我的地圖

路徑　像山嵐起伏　隨著音節起舞
下一個笛聲與號角的相逢　我將駐足

默默的信仰　幻化出
天邊的顏色　也　失去了深度
風吹來　十九世紀的我的歌
伴著槍炮　伴著掌聲

睡前　我與歌與斜陽　與橋墩共在
像晚九朝五的路燈一樣
等著　被行經的什麼　給吹斷

翻 倒 的 畫

潑倒了一朵陽光的綻放
索性　我的影子是框
踏著　一輪淺淺的月亮
我在樹下打量著柳稍揚起的方向
把自己包裝成
風經過後　可能會愛上的模樣
半涼影子　貼在樹幹上
幾近風漬的木桌
忽然　讓顏色分明了起來

筆 的 戰 魂

槍桿換成了筆桿
而筆尖　仍盛滿火藥
那火紅的經脈　而今流成白紙黑字的章節

他們口中的暗號
隨著風吹的吊燈晃動著
營裡的號角起床令
伴著窗外悲泣的貓
我的肩頭　移動著槍
我的指尖　轉動著筆
落款　又是一灘紅泥

划 過

划過一座遙遠的橋　不算精巧
我的羽翼褪下
那面湖　仍是管翻裡的　一個氣泡

當風吹散　我　默默祈禱
你的風凜冽　我的風　卻襲染成汪洋一片
狂捲的句子　化成一面掌
如細沙　分食著貪婪的陽光

……當風吹散我
下個相遇與告別
不要太早　也不要太潦草
我們笑　因為包裝的方式總有個時效
我笑　我們的世界裡　還是就我就好
一個未知的符號
攪拌著　下一個狂潮
漩渦的話　圓的來回
灑脫的　太極之境
慌與謊平衡　惟恐為零
在合掌間　我默默祈禱……

不得哭　亦不得笑
領著一路的模糊
化成的永恆　莫名其妙

謄上光陰　做為旅途
以及那已被你錯過的最初

最初　我們的交換　這樣以笑
划過那座獨木橋
開始　做一枚水泡

看 畫 的 可 能

試著走近　退後　斜著眼
試著多幾盞鹵素　把燈打亮

一幕幕　流動的　畫作　登場
一格格　靜止的　故事　落下

這一幅　他指著窗外　她低著頭　沒再多說
這一幅　孩子仰著臉　透過父親　輕描輪廓
這一幅　框邊的過客　掩身轉頭　笑得陰冷
這一幅　是女孩起伏的眼角　微顫的手指

下一幅　下一幅　下一幅
他們討論著　討論著　我的凝視

如果　只有一種色彩　可以把我看穿
如果　只有一筆筆觸　可以讓時間倒返
那麼我這四方世界裡的存在
又與你何干

夢想汽球……

長長髮

國三那一年
齊耳的短髮　不及送你
畢業的花束握在雨裡
綻放的回憶　濕淋淋
再沒有一處放晴
雨的澆灌　蓄了長髮

截去及腰滴成的心事
回到了回不到的年紀
我仍在雨裡
看著池塘　被溢滿
國三的深黑色　一直停在肩上
而髮如雨　仍是　絲絲溼溼地

夢想汽球……

黃 沙

從此不再　朗朗的唱

清幽的清語裡

青鬱的清晨　青鬱的臉龐

話說從前　是兵馬倥傯　連年的仗

話說之後　將軍們躍身馬上

縱驥荒野　一鞭子一鞭子的馳入他鄉

過客的驛站　是抖不盡的行囊

孩子們眼巴巴的用黃沙　鋪建成天堂

城堡裡的舞樂　輕靡過流隙的沙

遍野的草　在大漠滋長　猶如希望

——希望　卻猶如大漠　被風沙擴大

——擴大的希望　一聲令下

將軍躍上了馬

把么喝　踏成了沙

銀河的書夾

翻閱著今夜的月光
墊腳跳躍　在七彩石子上
一掃而過的流星　一滴滴　滴成巨浪
川流過　眾神驚蟄而起的目光

宙斯探聽著織女的神話
撥開雲彩鋪成的池塘
而夜已奔來
情節尚未讀完
隨手　摘下月亮
一夜夜　一頁頁地
作銀河的書夾
等到明晚睡前　再一同欣賞

所以霧

莫名的清晨　襲過夜晚
帶著泛黃的嫁裳
守在　只有路燈的街上
迷霧未散　陰森暗然
你說你喜歡這樣的不清楚
該要模糊的　才能趁時找到歸途

沒人想被清晰地抓住
甘心迷濛地被霧困住
旅者　因為風　所以霧

而你　灰色斗篷的身影
把白色的希望　灌進黑夜
水氣伴著大霧　揮灑出一道道的符
每道一語咒　都貼上了保護
遣送回你的疲憊　所以霧
旅人留下　歸人離開
行旅與返鄉之間　現實與猜測之間
陽光沒能提前趕來　所以霧

框 外 的 空 白

正如同　雲的空隙的那一夜獨白
我一直在等待
而你也一直沒回來

正如同　山的眷戀和那一點貪婪
我一直是徘徊的
而你一直自由自在

潑散在框外的　空　白
我如宣紙一般
靜待著色彩
你卻靜默成框緣
擋住了四面四端
框外的泛白　像打在熱鍋上的雞蛋
落寞在框內的是　企圖逃獄的留白

夢 想 熱 汽 球

有天　你夢到了一座熱汽球
告訴我　即將可以實現的夢
太陽很近　卻不炙熱
鳥飛得很輕盈　與你唱歌
你伸著手　那是花的顏色
你笑了　因為小河　仍是綠的

那天　你找到了那個夢
你放下了心愛的熱汽球
一步步　爬上山坡
細細的石子在你指尖磨蹭著
滾落下的　是新芽與樹根

而當然　一個汽球並不能飛太久
天空的點綴
慢慢會被不經意的驚嘆給忽略過
你的笑　隨熱氣升空
而那個夢　依然在夢中

她的紅色童年

她用纖白的手把雲打了結
她眼底的反光　滲入一滴藍天
在這個季節裡　她　是一種沈醉

她慢慢的把頭擺到左邊
悄悄拉起那不屬於自己的童年
那個世界裡　蝴蝶　總如夢一般的飛
相互追逐的草原上　誰也不認得誰
花兒的笑　把所有的聲音都隔得好遠
我們卻靜靜的　讓吵雜的故事　一一上演

那個季節　分不清那一片　是最先掉落的葉
凌風而起時　以為能飛
而今　爭著化入春泥　化入下一個季節

祕密　從她的黑髮爬出
大雪　從頭頂開始紛飛
象徵性的白淨無瑕
至此　籠罩在她的眼前
用著喚不回的紅顏　陪著換不回的童年

換 季

春天的花仍開著　夏天的蟲卻不再鳴了
沒有人記得　季節交替　是從哪一天開始接手的
看慣了春　以為夏的腳步也是自然而然的
直到　夏天遲了
春天　才似乎醒了

天色還是一樣不帶笑容的昏著
夜的眼神　遮蓋了下一個清晨
葉脈　沿著去年的露水　往下沈
山林的歌　是四季的發聲
協奏的曲子　要有大地作襯
要有青山的斜影
才能哼出小河的譜
和那首　兒時常哼的歌

陽光依舊照著　樹慢慢退場了
沒人知道是哪一天　季節被偷偷替換了
怪手帶來了新的主人
座落的房子　再也　沒有了歌

春天　開著說不出的祕密
而秋　就這麼一直亮著

若 你 是 詩 人

若你是詩人
請拾起我掉落在湖面上的黃昏
凌晨時的月太耀眼
我總醉在　那錯身而過的掌聲
以致於　忘了帶走我原有的顏色

若你是詩人
請在踩了我的腳跟後
再逆推著尋回我最初的哭聲
我知道　只有你懂得語言裡的靈魂
只有你能　找到那把未熄的火
燃出前世今生

那　掛在空中的祕密
在你筆漬下　將承諾
化為所謂的永恆

所以你是詩人
亦只有你能
聽見月的低垂與海的起伏
在萬籟奔騰時
你靜臥著　宛若蒼天的星
遺留待續的故事　望著銀河

若你是詩人
請在拾起那段沼澤後
還給沙洲的月河
我將細數過沙與水的波紋
好在辨析與融合的過程中
做你的　一個逗號

解生詞

「卜算子」

不算好嗎？
我早已投降　在這戰場
那眉心滾動的佛珠
是一顆顆的籌碼
已沒能反抗

一枚冰指　一面霧窗
迴旋的指繞　默望著
深綠色　變斑白
斑白的　染上輕彩
猶樹望我　淡默在淡墨中潑灑開
眶裡框外……
那鐵口直斷的布旗
就是我的畫板

「菩薩蠻」

多麼刁鑽啊！
那時真不懂
以為挺起了額頭
就能弄僵山的皺
拉直了雲以後
我們不再　聽任傳說

娥眉已懶　慈悲未放
聽得是　一彎雲鬢斜倚窗
卻留不得一句
阿彌陀佛

「浪淘沙」

你的模糊　是浮雲也不及的夢
風　就這麼　洗淨了你的輪廓
水面中央　攤顯成你的掌
我的笑　是圓謊的滄桑

你爬過屋後的山坡
將巨石　踏成了泥沙
消息　在很遠以後　被風帶來
淘洗的沙　刺穿陽光
我捧起浪花
由指間　隙出你的話

給 張 愛 玲

所以筆　是血的奔流
之於空氣　之於陽光　之於自由的風
之於我們　那覓不得的放縱
所以揮霍　是時空的交錯
正如年輕　正如成熟　正如寬厚
正如那　再也退不出的潮水
卡在最寧靜的當口
嘎嘎嘎　木板上的搖椅的晃
沙沙沙　筆尖與紙的相磨
磨蹭得花容　磨蹭得人空
漸漸　上海的燈　漸漸的落
用我心裡的一把鎖
醮了胭脂花紅　灑向黃浦
一抹江的錯

然而　太多的折磨將會被打成鎖
前生的約定灌溉在來世以後
以後　他們不曾耳語的傳說
慢慢的　暈染成　今世的面容

一張　被抽出的牌
動彈不得的　放在蛛網中

身軀的乾涸　是唯一被許可的放縱
月光　看著慧星的隕落
呼氣　替代了吸氣的動作
血紅的淚　成為透明的唾液
一口　唾在泥中

幾 米 的 幸 運 兒

那在頂端的感受
竟是最恐懼的夢
欣羨與讚揚　埋怨與哀傷
也一併的　等著被遺忘

賦你以喜的　也將賦你責任
許下責任的　也只有幸運才能完成

當被習慣的嘩眾取寵
與世無爭之後
幸福和怨懟　也只是瞬間的掌聲
鼓舞和驚嚇　也只是一線之分隔

或許　你本應不止的飛翔
即使　是一雙失控的翅膀

你並不是一個榮耀的犧牲
毋須再以禮貌的笑容
掩飾自己的傷痕
窗外的白雲　或許還容得下一些過客
就請你　別再言不由衷的哭訴著

能帶遠你的
也將帶回我們
你是否會想

只是誤闖了畫面的中央
而且兀自的奪去了目光
這不受控制的飛翔
這奪去　竟如侵佔一樣
就由你　任由羽毛去飛吧！

我們都不是　上天的包袱
這世界將是　你無止的歸宿
我們也在等著
你由人間的無奈飛躍出
那扇窗　那扇窗

小 年 夜

當　年　慢慢的被跨越
我還是沒弄懂　所謂大小的分別
我把照片　鋪在床上
用紅色的春聯紙　蓋住畫面
當　年　來的那一瞬間
能不能抓到一些逃脫的情節
就像光陰的奔跑與停留
總是那麼不如人意的上演

我把戒指換回右手邊
把頭髮塞到耳朵後面
換上高中的制服
和繫著三格鞋帶的黑皮鞋
可是　當年並沒有再來一遍

可能會以為
這是年前的自導自演
試著在除舊布新的時節中
用歡樂　把自己淹滅
紅色的衣服　紅色的緞子
一年的塵除去　染了點光的氣味
只有我　有點灰

進 退

當晚的風
是邀你不成的辭退
行路的匆忙　看在你我的來去間
也變成了最緩慢的　進與退

魂斷藍橋的情節
在亂世佳人的棉花田裡上演
你用教父的對白
回覆了我的托斯卡尼豔陽天
於是乎　獨木橋的連結
成為星光的宿醉
你請來　我那晚留下的告別

我將　不再畏懼遙遠
把滿山的鮮綠　灌進泥淖
我將　不再卻步清晰
即使模糊是　我們所能認清的唯一
我將　在你必經的路上　快速的行經
我將　祈禱上天　仔細的記住你的名
祈禱你　化為上天　記住自己的名

植 物 如 妳

妳是落在我心裡
一枚小小的種子
隨風飄來　被雨打散

妳的腰是風的繚繞
妳的腳尖　有著草原的微笑
妳的手指是輕舞的花瓣
山谷和溪流的對話
就放在妳的呼吸和嘴角

妳像夕陽　漸漸漸漸　潛入海中
我是　溺水的人　尋著妳游絲般的氣泡

我就是　妳耳裡的風　我就是　妳的海鷗
我是妳　綁在樹上的緞帶
我是妳　小指上的風箏
我是　守在妳病榻邊
期待發芽的園丁

長 髮 與 鞦 韆

曾經以為　留了長髮　就能留住童年
鞦韆上　隨風颺起的麻花辮
一圈圈的纏繞著　不自覺被貼上的標籤
隱藏著　長大後就不會再相信的誓言
時間　滴成了哀傷
等待和被等待的等待
只留下　描繪不出的想像
哀傷　滴成了時間
想像和被想像的想像
只留下　無法預期的等待

她試圖　用長髮　留下時間
時間卻　用長髮　帶走歡顏
她紮起麻花辮　一圈圈　鎖住鞦韆
鞦韆也　一圈圈　鎖住　她的麻花辮

小 女 孩 的 紀 念

小女孩喜愛紀念
有了各地的紀念品
就可以不要童年　不要夢想的實現

她不會哼音樂盒裡的歌
她不知道娃娃的頭髮多長
鏡子前的口紅　只吻過她一遍
牆上的指針　永遠停在十二點

她坐擁著　如山的紀念品堆
沒唱過歌的音樂盒
沒出過櫥窗的娃娃
變了色的口紅
和安安靜靜的布穀鐘

所有的紀念　堆滿空間
無邊的幻覺　空蕩漫延
小女孩　捧著紀念
婚紗　婚戒　一紙婚約
而這世界　是不存在的遙遠
白色的紀念　淡化了繽紛的容顏
所有的紀念　抵不上一絲若隱若現的　思念

冰雪面容

想起那場雪　還是會被化溶
而天空把我冰封
把我送到　葉梢欲滴下的尖柱中

是銀白色而跳動的
讓大地擁抱住一縷靜默
劃破了冰河的煙囪
也劃破了我

醒來吧！
你已飛越了我的面容
成一座火山
熔卻了　裊裊定型的溫度
也化了　一片剛燃起的沙漠

冰山一角
讓相撞的視線浮上了岸
你從我來不及低頭就落下的淚
看到今天來不及抬頭就黑了的夜
拾起半壁崖
軌跡　也和著你　被凍結

記憶平方……

記憶平方……

威尼斯平方

水域裡　悠遊的　不羈的盼望
在波光中　拱橋的　影子上晃蕩
她曾是　嬌嫩的　熱情的姑娘
在禮服上　天空下　猜不透的面具後方

莊嚴的　蕭穆的　不容懷疑的聖堂
逃避或前行的　前往未知的遠方
車輛邊　軌道旁　疾馳的戰馬
金色的　絕對的　聖彼得堡光亮

享用了妳的盛名　共舞了你的願景
東與西的交撞　水與路的退讓
華麗與蕭穆　規則與遊戲
妳的小調　你的戰曲
妳的羽毛　你的盔甲
威尼斯重生在　絡繹不絕的想像
威尼斯重疊在　你我瞬間的對望

離別自殺論

離開旅行的驛站
無疑是－邁向死亡
換置的空間的跳脫
促使你　剝離熟悉的軀殼

不同的自殺方式
是我們僅有的選擇
搭上飛機就像跳樓一般
急速　直線　無法回頭
上升　下降　咫尺之中⋯⋯
火車的運送像是割腕
一點一滴地
看著自己的血液流乾
規律的軌道
將往事一格格倒帶⋯⋯
搭船則是一種燒炭
在大口狂飲的呼吸中
飄向迷離的彼岸
無色無味的將你帶出
錯置在現實間的如夢似幻⋯⋯

果爾如是　推論得證
離別的重生　將得以
獲得永生

手 扶 梯

搭上　直線的兩方
鋼鐵和塑膠　一逕前行
像輸送帶上的貨品
被推送著前進　前進
儘管　只有一種聲調
一種頻率
所有的光線
集中在平行的交錯裡
卻在旅客的眼神中　散開

沒有選擇的註定
沒得後退的前行

一線之間的上下之隔
我來到你的起點
你回到　我退出的位子
相同的起跑點　固定的跑道
舉起雙手　抵達終線
我們是　維持手扶梯運動的養料
上岸　要等的人 是最新的化合產品
早已在品管中　提前出局

醫 院 一 角

你的背景　蜷縮在牆角
灰色的影子　壓著白色的窗
白色的布幕連著白色的床
就像巷子口放映的露天電影
所有畫面投射到你身上
而你　是岸邊的岩石
兀自在一片汪洋

我斜著頭　宛若　你站了起來
那時的高大的揮汗記憶
被拉長的　貼在牆上
就像所有孩子都會有的仰望
你的笑容總是直透著陽光　直達天堂
就像盪鞦韆的驚喜一樣
我總是伸長了手　以為可以拉到太陽
刺眼的陽光　穿過你　投向我　回到床上
我正轉過頭來
看你緩慢而吃力的呼吸
側著身　背著我　面著窗
背後的畫面　穿過我　投向你　亂了方向
我斜了頭　把影子放在你肩上
你看著牆　任光刺來　刺穿
只有風　動了你幾下

河裡舞者的心事

所有的妝扮　橋段
都需要一個展示的舞台
並且將舞者與觀眾的距離
不遠不近　若隱若現的拉開

所以有橋　所以有河
幾乎可以說
終於有了橋之後　才產生了河
跨上橋　後台的一切才能成真
他們彩排的汗水
他們殷切盼望的淚
他們匯聚又匯聚了的心事
終聚成河

於是我們能在　橋這岸
向下看見
舞者真正的影子

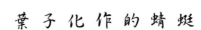

葉子化作的蜻蜓

場景：葉子飄落　蜻蜓振翅而起
　　　旅人由遠方行來

當風被晾乾　並鋪曬成　水底的浮萍
天空的笑　雲的變幻　都是我的羽翼

前世　一片葉的滑落
今生的　你肩上的蜻蜓

而我寧可　把自己染進泥濘
等你行經　再帶我遠行

記憶方塊

記憶　該被中斷　分段保鮮
每個過往雲煙
都該有　屬於自己的空間
一扇扇的　互通隔絕

才不會像重覆曝光的照片
看見的　全是另一個模糊身影的浮現
來到了這座城市
海灘的景象　還在徘徊
屬於你的話語
與另一個人的眼神　不能重疊
我們的場景　更不該再重複地演練

午後　我總把自己關進記憶的房間
一間間的　分明的　環繞著我的一切
直線的上演　平行的推移
在偌大的記憶城堡裡
進行著俄羅斯方塊的組合排列

黃包車

是你的漂泊叫住了我　向我招手
沿著雙向的單線道行駛
算一算我來時的沈重
包裹在鮮亮之中
我　搭上了你的小宇宙

透著背影　看著我要去的路
你用後視鏡　把猜測框住
閒話家常　天馬行空

或許是上一輩子的錯過　凝結在這個時空
頓然熟悉的場景
旗袍　車伕　黃包車　頓然驟醒
車裡
方向盤的終點上　結局　再也不同
行過　放下了我　換我漂泊

流星的願望

流星劃過時
我沒有如預期地說出願望
那一刻
不想再自私的用言語
填滿我們交會的空隙

等待的漫長
一直在閃閃的光亮中延宕
是什麼夢想再也不重要了
我只想知道　它是不是也這麼想

夜　就要過去了
再沒有流星　牽動我心裡的火光
我想　它應該是
遇見了自己的流星
並且許下　穩身的願望

白 色 的 戰

白色的鳥飛過
遮住太陽的小小一角
海鷗的話　傳來鹹鹹的遠洋夢想
我們看著雪白的翅膀
企圖聞到曾在異鄉曬過的太陽

在故鄉　白色的和平鴿飛翔
汽球升空時　我們會抬起頭來
忘掉低頭時的胡思亂想
那故鄉　只剩下空中和林間的捉迷藏
空中的搜索　林間的躲藏

白色的浪　來來回回的打
你的羽翼　滲了風霜
我們試圖　聽見你的流浪
傳回的卻是　一股煙硝

那幾乎是最危險的事情
灑來的陽光冷冷清清
剩下的　只用了三句台階的綠

呼了氣以後
被活埋在沈默裡
隔著天空的銅牆鐵壁
卻連隻針也插不進

等著下一個音符
和一段不熟悉的旋律
音樂颳起　飛舞著　我的詞句

所以把這首詩
橫放著　做我們的距離
請帶著想像　赴我的邀請

極致的紅

「紅色沙漠」
風　颳著落花的顏色
樹梢上的朝露
留著昨夜蒸發的淚痕
眼裡　滾燙的岩漿
割裂著心做的冰河
粒粒染血的微塵
堆疊成沙漠的紅色
吹來
同那風　同那落花一般的
「紅色雪花」
凌著風飄
六角的冰晶在風裡奔跑
誰知道　哪裡是真的外婆橋
美美的冷冷的驕傲
自你拉起我的手之後
就細細的捲起　繚繞
也一起殘缺在　初夢未醒的破曉
雪換來　心跳的速度
血換來　白雪的祈禱

異鄉人

剪了又剪的頭髮
在被退了又退的家書中成長

那年　黎明未醒的早晨
只有風　是清楚的
母親的挽留與我的執意
拉扯成　郵差遞送的信

在信裡　猶豫著是否該補上的話
如今又遺落在　某個經過的異鄉
而今是　他鄉的人　他鄉的客
倒在奔回家鄉的路上
卻是個　異鄉人

仍是個孩子

如何告訴你　我已不是個孩子
我試著找出那最強烈卻最不敏銳的字
讓幾乎就要忘了流動的時間
可以跟上成長　跟上我的叛逆

教科書裡的童謠
是否仍在竊笑？
笑著臉上的世儈
和那恣意穿透別人的刺
而今　也不過如此

如何告訴你　我已不是個孩子
雖然　在你眼你　永遠如是

路 上

大部分的時間我都在路上
路上的大部分時間我都在
和自己對話

旅行的放大
會不自覺的　把玻璃當成車窗
會突然很想　不再聽到中國話
在熟悉的人來人往中
浮貼著半透明的隨想

這就是夢的延續吧
身體可以用任何方式移動到任何地方
在任何場所裡　遇到任何不可能遇到的人
就這麼孤疑地　不忍退場
就這麼沈浸在　自導自演的戲碼

在路上　流動的時間讓人靜止
所以靜止的空間　讓人流動了起來
視覺聽覺知覺與想像
就是　路上的對話

午睡桌上

我面向　有六格斜紋木的對外窗
清楚嗅著　倒Ｔ型的街道
賣蔬果的小販
輕嘟輕嘟的推車　在方型石板路上
來往的婦人梳著蓬鬆的髮髻
提著竹籃子　擺動著圓圓的碎花布裙
絨綠色的窗簾這邊
綁著金色的流蘇
桌上放在　東歐四國旅遊介紹
攻占布達佩斯的美食地圖
穠艷凝香，義大利
壓著實用口袋版五國會話
厚厚的木板桌上　有兩大疊彩色的各國導覽

接近晌午暖暖滋味　令人想不顧一切的
變成太陽的某一道光　隨游絲　飄浮升空
疊起三本書　迎接慵懶的睏意
電話響起
我熟練的拿出手機
按下喇叭的擴音鍵
卻像被輸入安眠的特效藥
只能用極強的呼吸　作為回應

我想我要睡著了……
……我想我要醒來了

倒帶般的抽身而退
眼前是水波般的晃動光影
是哪一個空間？哪一個世紀？
哪一道陽光？哪一扇窗前？
俯臥著三本書
最上頭橫躺的標題是：
宋詩鑑賞詞典
對面的同學關上桌燈
正準備開始睡一會兒

沿路走回……

詩 是 詩 人 的 什 麼

這年代　是杯雞尾酒
光鮮　苦悶　說不出的莫名其妙的癮
悲歡離合　愛恨情愁　所以　詩人太多

科學家和哲學家們
探究著原子和宇宙的距離
這是　詩人的孤獨　一種　奇妙的保護
一個安靜的　隱密的　寬敞的空間裡
全只　一個人住

我們不能說　詩是詩人的孩子
就像詩人並不是詩的園丁　警衛　或化妝師
大可不必澆水施肥　捍守領域
或是作些上色　鋪粉的事

詩應該是詩人的
手帕：抹掉積在臉上的莫名水滴
牙膏：保健防蛀　並保持口氣清新
門把：扭開後　就可以進入新的地方
教宗：所有虔敬而無私的最終信仰
泡麵：即時方便的解饞之道
掌心：碰著自己的臉頰　就覺得很幸福

詩是詩人的什麼？
生活的方式　生存的方式
時間流動以後　學會呼吸以後
輕盈的步伐　隨性的小調
是詩人的　也是詩的

星星裡的花

天上有著　比地上的砂子　還要多的
星星
那表示　地球上的每個人　抬頭望去
可以平均分配到　好幾顆
各種色澤　或大或小　或明或暗的星星

宇宙中的每個人
都擁有屬於自己的星星
儘管他們並不一定彼此認得
不一定喊得出彼此的名字
也不一定　看過對方

就像小王子說：
「星星很美麗，
因為上面有一朵看不見的花。」
天空　已點亮了許多專屬的星星
為所有將與他們相會的笑容
還有那些　離我們遠去的人
以及未出世的孩子
雖然我們不見得能分辨出自己所屬的星星
卻能一抬頭　就收到好多訊息
在未能相逢的領域裡
用光速　傳遞

大 人 的 數 字

大人們喜歡數字
這足以形構出一個真實的世界
他多高多重？多少朋友家人？
幾年的房子？幾月的戀情？幾日的休假？
酒的年分　加班費的百分比
密密麻麻的爬成　交錯的密碼
累加　扣除　再拆解成一列數值
雙腳站在蹺蹺板的平衡點
收入與支出　時間與空間
工作與家庭　安穩與冒險
日記與雜誌堆　相簿與電視機

五位數的薪水
四位數的保險
三位數的記憶
二位數的情人
對我說的話　是個位數
而他們對自己說的話
是小數點之後的好幾個位子

療 傷

遺忘或許不是一種速度　或冷酷
是一點點　對自我奢侈的保護
觸目所及的繁華　是不安的騷動
不如閉眼　闔上天空

時間或許不是一種鋪設　或考驗
是一串串　初始與終點的相連
在回頭已晚的路上　追想沒轉彎的街
毀滅與拯救之間　沈澱　揮發　一樣遙遠

我們估算著　撫平一個傷口
究竟需要數盡多少花瓣的凋謝
需要多少歲月　時時刻刻分分秒秒
估算　加減
而這卻是　你毫不猶豫的瞬間
就像愛上一樣
再倒帶一遍

城堡的人

我可能笑得不太專門
可能眼角還藏著淚痕
但請相信我會真的
用笑容　作為掌聲

儘管你有多麼心疼
儘管我又是　自己一個人
只要地球旋轉　太陽再升
就會　都有可能

皇冠上的寶石還發亮著
權杖上的魔力
也多了一種消失的功能
我將揮出一道銀河
把所有的祕密
用最華麗的鑽石包裹著

城堡裡的人
何時也愛上漆黑的顏色？
我的權杖　閃耀著日與夜的光芒
卻躲不過童年的回訪
躡著腳　踩著步　緣藤蔓向上爬

新 大 樓

它搶走了
鏡子裡綠綠的底色
圍滿花園的長藤
和捎來平安的淡水河

這呼吸的阻隔
只剩下一堵很不習慣的陌生
我再也找不到
那貼在我窗前的山光水色
然後他們說：
新大樓很快就會建成

於是只好去找著
那個被拋得好遠的眼神
繞到山巔旅者的攀登
紅色的拱橋
環抱著天海之間的藍色
閃閃落下的金色黃昏
又照回這發亮的窗內人

沾幾筆陽台的橘色
樹梢上沒訴完的心聲
而今　都是你的了

來 時 已 遲

我來了　還是太遲
雖然寒冬沒說出
對八月的那種痴
還是眷戀在凍裂的岔枝

兒時臉上的徬徨
也不只一次一次
以為添上新裝
就會變成掩面的新娘

而襖子放在春天的袖口裡
織出一季多秋的露
曬乾了半個夏天的足跡
也印得玻璃起霧
只好用盡天空的表情　去催促

你也將會明白
這來時已遲的路
是個食指被卡住的游擊手
只能趁著齒輪轉動　潤潤喉

走回那條街

先向你預約
等我們都自認很老的那一年
你要牽著我
走回那條街

那一年，送著小孩出國留學
重新回到的兩人世界
望著巷口
那個才剛下課的
像我的笑容加上像你的眼

一路盼著
就像我們推著嬰兒車
考慮要選哪家幼稚園
你週年慶送的高跟鞋
配上了我挑了很久才決定的小領結

一直到　我們決定用戒指
一起奔跑過的這條街
你用Ｔ恤追上我的白長裙
而黑眼圈也染上了我們的電話線

然後　你把摔破的杯子
　　　換回窗檯的玫瑰
機車換回了腳踏車

學士帽也放回相框裡面
藍格子襯衫穿上了運動鞋
齊膝的套裝梳成了麻花辮

直到　我們都猜著方是誰
直到　高中制服也都褪了色
卻一直不曾畢業的夏天……

夜，是雪的早晨

傍晚四點的黃昏
吹染上松花江面的一身古褐
賽馬和駱駝仍奔馳著
卻一步　踏入了夜色

越跑越近的樹
越來越昏暗了
夕陽擺起風沙一陣
讓逐步被凍結的　就此沸騰

天空睡了　讓月醒了
鏡裡　橘紅的湖影
用裂縫搭建起一磚磚長城
五彩的霓虹
包裹著燈
夜晚的冰　格外溫熱

像是夜半十二點的鐘聲
玻璃鞋開始狂舞著
小樂兵們跳出了房門
用北國的音符
亮起了仙女棒和南瓜車

拿起魔杖
在許願池子裡大喊著

這燃不起又熄不滅的煙火
何時能劃清冰火的交隔？

夜，是雪的早晨
也融化在　冰點的沸騰

濃 縮

青春寫不成一首歌
只好退居成　一個音符
夢幻化不成一首詩
只好停頓成　一個標點
我喊不出所有的情緒
只好推托成　你的名字

一個　依附在　前生的執
一個　依附成　今生的字

所有被高度濃縮的
都將會　緩慢緩慢的倒帶一次
蔓延成　佛說的今生今世
那像是
背了千遍仍會忘記的單字

所以　宇宙化成一顆流星
山巒寄居為一滴朝露
整座城　映在一盞路燈
整個人　只是一聲嘆息
呵出氣　燈的光影棲身在足下的水漬
好讓流星在水底時　不再迷失

老 去

山峰老去　樹的年輪繚繞住你
聲音　將會在銀河裡流沁
在清朗的夢中散逸

摒住呼吸
即使天明離去　也不要
解開封印

雲　飄去　浮出重重倒影
沒有了半透明的遮蔽
也　預言了一世的柔情
風華老去，熱情老去
眼裡的一切衰頹
淡去的　斑駁成
我們狂妄而笑出的年輕

想必　你只是隨心
隨心的證明著
千古以來的幽淒
而我　終會回到啟程的約定
好在　老去前　重行

夢 中 的 詩 人

如何看見自己的輕狂　如果回想
如何守在沙漠的中央　如果迷惘
如果愛　不會受傷　不會受傷
那我該　躲進一個　怎樣的天堂
才能像鷹一般的　在灼紅的磚岩間飛翔
像海豚一般的　在綻藍的深海底闖蕩

於是　我尋求著你的保護
你期待著我的放逐
在退卻和占領中　互不讓步

億萬年前的　海洋裡　浮現一顆汪洋的淚珠
億萬年後的　沙灘上　擱淺

來回的浪聲　將是我們彼此的祝福
飛鳥去了　棲止在　橘色的不歸路

夢中的詩人　漸漸　張開雙翼
將我給你的歲月
一輪輪的　刻成石一般的裂痕
好在石縫的拉扯間
看著　我們的賭注

異鄉咖啡館

她
除了
在異鄉
再也沒能
把自己隱藏
寂寞鐘聲相伴
迷路的旅客回航
於是空間像遊戲般
被推送得不知去向
棋子的挪移和反抗
讓咖啡店裡的光影
毫無去向恣意揮灑
整個世界卻不過是
玻璃上的那道冰涼
她滑著一指的溫度
消化著街角的繁華
氣味與音樂調和
只等著將夢想
封鎖與傳達
然而僅有
在異鄉
除了
她

三個人的窗

人生慢慢靜止成一幅畫
他們對著玻璃窗　看著　各自的回想
他斑白的頭髮　隨著呼嘯而過的機車飛揚
她捧著瓷杯　捧著那朵　手裡才剛綻放的花
他看著他們　他們　終於坐在同一扇窗下

流動的畫　放不進太多對話
午後的夕陽　照醒他們錯過的那些朝陽
而選擇　最容易在咖啡泡沫中融化
攪拌著的往事　越陳越香
只能在持續旋轉時　一口喝下

他看著她　仍是那幅天真任性的模樣
他看著她　一個陌生卻已是半熟的臉龐
她　看著他　不知道自己看著的　是哪一個他
沒有後悔　沒有退讓　再沒有　走不出他的那個她

午後的茶　三個人的窗
味覺與嗅覺和著時光
還是迷離的令人無法反抗
我　望著杯裡　映入的三種黯然神傷
也只有手裡的溫度　讓我遺忘
遺忘　那個陶醉的我　是忘名的她

女 傭 的 詩

她讀著她的詩
用細嫩的指尖　抄下　一輩子不曾用過的字
彷彿　她的笑　就像紅酒染上的埃及絲
觸目所及　也熔卻成　半蒸發的檀木
在浮動中　凝結　停滯

她啜飲著　如蜜又如刺的句子
抖落著茶匙裡　字跡輕重的方式

她換上黑絨洋裝　旋繞著腳踝的銀鍊
以極為輕巧的拍子　配合著扇隙飄出的遐思
以便在蝶舞　蜂鳴　鳥囀中
繡出天鵝飛翔的姿勢

她猜測著　不知名的知名詩人的故事
滿紙簍　滿紙簍的　搭建著　皇冠上的寶石

女傭擱下筆　把紙片同蘿蔔切成丁
斜眼看著她　讀著她的詩
滑下　一顆溫柔而駕馭的字

原　諒

每日交會的熟悉
竟陌生到　令人恐懼
一種　不停跳躍在真實之間的真實
晃如隔世的　漫長夢境

習慣把什麼事情都放下
習慣把自己　不停在任何地方
習慣了追逐與退讓
才明白　永不停息的相信
才是　真正的遺忘

被帶回到現實的空氣裡
不斷被自己重疊和吞噬的問題
沈睡　並沒有更加清醒

當　情緒在崩解中釋放
抵擋　是最初的退讓
於是　不再反抗

只有淡淡的愁緒　陪我隨想
只剩下飄忽的知覺　伴我漫步在雲端上
成長　是最脆弱的力量
直到　褪去包裝

整了整散落的行囊
重回戰場
鮮血開成的花
在滿是汗漬的陽光下綻放
滋長著　原諒

諾 言 的 時 效

他們爭論著大月小月的問題
十五日開始的戀情
該在十四或十五日整點結束
或許意味著石油調漲的關聯性

她難得遇到一個草食性動物
他難得遇到一個雜食性動物
也難得　他們都是速食的

爭論的本身並不重要　結果也是
擁有發言權後　諾言才顯出　存在的必要
太多的永恆　不如實際的一秒
副作用的隱隱作痛　讓人知道　究竟服了多少藥
而現實…還是限時的好

直到　打上時效
一袋即刻回收的得來速
開始有了歷久彌新的味道
打開附贈的太空包
支離的公仔　沾滿胡椒的紙條　冷笑
「再來一客　潤月套餐」

寄　達

大學入學的通知單
和弟弟的高中落榜成績單
一起寄達

獎狀摻著舊報紙賣了後
履歷表上　再沒有那個好學的她

每個月　她託友人　把寄去國外的家書
再寄給媽媽
每個月　她在獄中　彌封弟弟的簽名
帶來　寄不出的話

而媽媽的一點點遺憾　只張揚在
抽屜底下的　檢驗報告書上

病榻旁　她抄下媽媽尚未唸完的信
在火化那天
和獄裡的遺書
一起寄達

國家圖書館出版品預行編目資料

委心詩園／張瑋儀著. -- 初版. -- 臺北市：
萬卷樓，2008.05〔民97〕
面；　公分
ISBN 978－957－739－630－3 (平裝)
851.486　　　　　　　　97009550

委心詩園

著　　　者：張瑋儀
發 行 人：陳滿銘
出 版 者：萬卷樓圖書股份有限公司
　　　　　臺北市羅斯福路二段 41 號 6 樓之 3
　　　　　電話(02)23216565・23952992
　　　　　傳真(02)23944113
　　　　　劃撥帳號 15624015
出版登記證：新聞局局版臺業字第 5655 號
網　　　址：http://www.wanjuan.com.tw
E－mail　：wanjuan@tpts5.seed.net.tw
編　　務：陳欣欣　林宏益　黃源典
封 面 設 計：南一美編組
承 印 廠 商：南一書局企業股份有限公司印刷廠
定　　價：200 元
出 版 日 期：2008 年 5 月初版